CUIDADO. NO ENTRES. PELIGRO. MEJOR NO ABRAS ESTE LIBRO.

D1097352

NO PASAR

LA **ESCUELA** de **MONSTRUOS** HA ABIERTO SUS PUERTAS.

APRENDE A LEER
- en la -
ESCUELA de MONSTRUOS

Ilustraciones de **CHRIS KENNET**

SALLY RIPPIN
Adaptación de **MAR BENEGAS**

LA MASCOTA MÁS GRANDOTA

Montena

HOY
ES LUNES
POR LA
MAÑANA

Y MAURO TOCA
LA CAMPANA.

LOS MONSTRUOS SE PONEN EN FILA:

SUSANA, SAMUEL Y CAMILA....

POM

LUNES DE MASCOTAS, ¡QUÉ DÍA!

ALEGRE
SONRÍE
MARÍA.

MMMM

—¿LA HAS LLEVADO A DESAYUNAR?

CON HAMBRE NO PUEDEN ENTRAR.

TRA-LA -RÁ

ELLA LA ESCONDE EN SU SOMBRERO

Y EMPIEZA
JUGANDO
PRIMERO.

HOY VAN A CONTAR HASTA DIEZ.

NO ENCUENTRA EL LÁPIZ, ¿TÚ LO VES?

¿Y LA LIBRETA?
¡ES SU MASCOTA!

TRAGANDO SE HACE GRANDOTA.

COMIENDO
Y CRECIENDO
SIN FIN,

¡LA ALFOMBRA ES UN GRAN TALLARÍN!

¡PRRR!

ESTA MASCOTA ES GIGANTE.

SE TRAGA
MI PELUCA
Y EL GUANTE.

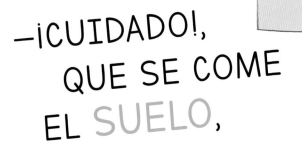

—¡CUIDADO!,
QUE SE COME
EL SUELO,

LAS PAREDES, NUBES Y EL CIELO.

LA MASCOTA CORRE Y BROMEA.

JAIME TUVO
UNA GRAN IDEA.

CAVA UN AGUJERO GRANDIOSO:

ELLA CAERÁ
EN EL GRAN FOSO.

EL JARDINERO VA Y LA TAPA.

LA MASCOTA YA NO SE ESCAPA.

—¡QUE NO VUELVA MÁS A LA ESCUELA,

COME Y
COME SIN
CAUTELA!

A LO MEJOR VUELVE OTRO DÍA

EN EL SOMBRERO DE MARÍA.

FILA
CAMPANA
APRENDE PALABRAS NUEVAS
MAÑANA
TALLARÍN
ESTAS PALABRAS SALEN DESTACADAS EN AZUL EN EL LIBRO. ¿YA LAS HAS APRENDIDO?
DÍA
PALABRAS NUEVAS:
FÁCIL
DIFÍCIL
MARÍA

BROMEA

GRANDIOSO

ESCUELA

ENTRAR

DIEZ

SUELO

DESAYUNAR

PRIMERO

GUANTE

FIN

VES

CIELO

MASCOTA

FOSO

SOMBRERO

GRANDOTA

IDEA

TAPA

GIGANTE

CAUTELA

CÓMO USAR ESTE LIBRO

¡Aprende a leer en la Escuela de Monstruos!

Uno de los mayores placeres de los pequeños lectores es escuchar leer en voz alta a los mayores. Leer y contar cuentos es la mejor forma para que asocien los libros con una experiencia divertida, y es un momento perfecto para que se familiaricen con el lenguaje y aprendan a leer.

TRUCOS Y RECURSOS PARA GUIAR Y MEJORAR LA LECTURA

- Es recomendable comentar juntos y hacerles preguntas sobre qué ven en las imágenes para ayudarles a complementar la historia.

- Según avanzamos en la lectura, podemos ir siguiendo el texto con el dedo de izquierda a derecha, esto les ayuda a incorporar ese movimiento visual para aprender a leer.

- Para ayudarles a aprender las palabras que no conocen podemos indicarles el sonido de algunas letras. Es recomendable referirse a las letras tal como suenan y no tal como se dicen. Es decir la "eme" será "m", no "eme".

- Podemos ir señalando las palabras en azul para que se familiaricen con ellas y las integren en su vocabulario. Según vaya incrementándose su confianza, es conveniente hacer una pausa en las palabras destacadas para que las pronuncien sin ayuda.

- Luego podremos volver a practicar estas palabras usando la lista que se encuentra al final del libro.

Poco a poco los pequeños lectores se sentirán preparados para enfrentarse a la lectura de todo el libro sin ayuda. Incluso se atreverán a inventarse sus propias historias de monstruos. ¡Imaginación al poder!

Sally Rippin es una de las autoras infantiles más exitosas y apreciadas del mundo. Ha escrito más de 50 libros para niños y jóvenes, y ha obtenido numerosos premios por su escritura. Sus libros más conocidos son *Billie B Brown*, *Hey Jack!* y las series *Polly y Buster*. A Sally le gusta mucho escribir historias emotivas, así como personajes con los que se identifiquen tanto niños como padres y maestros.

WWW.SCHOOLOFMONSTERS.COM

CÓMO DIBUJAR A MARÍA

1 Coge un lápiz y dibuja un triángulo alto y estrecho.

2 Añade 3 pequeños triangulitos para crear la forma de un sombrero. Borra las líneas que se solapan.

3 Dibuja un círculo para la cabeza, un trapecio para el cuerpo y dos cuadrados pequeños para las piernas.

4 Dibuja dos círculos y unos puntitos para los ojos; y los botones del traje. También unos bucles a modo de pelo.

5 Haz unos dibujitos en forma de U para las orejas, nariz y boca. Añade unas tiras alargadas para hacer los brazos.

6 Añade las manos, los pies y algunos detalles. ¡Y no te olvides de la arañita!

Chris Kennett lleva dibujando desde que es capaz de sostener un lápiz (o eso dice su madre). Profesionalmente, Chris ha estado dibujando personajes extravagantes durante los últimos 20 años. Es muy conocido por dibujar las criaturas extrañas y maravillosas de la saga de Star Wars, pero también le encanta dibujar monstruos tiernos y adorables, ¡y espera que tú también lo hagas!

ESCUELA DE MONSTRUOS

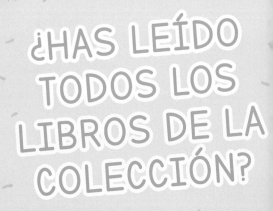

¿HAS LEÍDO TODOS LOS LIBROS DE LA COLECCIÓN?

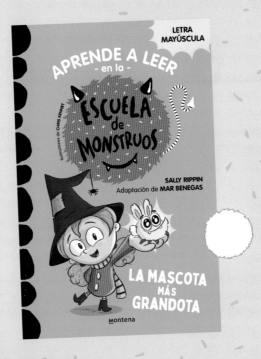

LETRA MAYÚSCULA

APRENDE A LEER
- en la -
ESCUELA
de
MONSTRUOS

Ilustraciones de CHRIS KENNET

SALLY RIPPIN
Adaptación de MAR BENEGAS

LA MASCOTA
MÁS
GRANDOTA

Montena

LETRA MAYÚSCULA

APRENDE A LEER
- en la -
ESCUELA
de
MONSTRUOS

Ilustraciones de CHRIS KENNET

SALLY RIPPIN
Adaptación de MAR BENEGAS

UNA LIADA
DE
MERMELADA

Montena

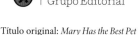

Título original: *Mary Has the Best Pet*

Primera edición: septiembre de 2021

© 2021, Sally Rippin, por el texto
© 2021, Chris Kennett, por las ilustraciones
© 2021, Hardie Grant Children's Publishing, por el diseño de la serie
Publicado por primera vez en Australia por
Hardie Grant Children's Publishing
Derechos negociados a través de
Ute Körner Literary Agent - www.uklitag.com

© 2021, Penguin Random House Grupo Editorial, S. A. U.
Travessera de Gràcia, 47-49. 08021 Barcelona
© 2021, Mar Benegas y Jesús Ge, por la traducción

Printed in Spain – Impreso en España

ISBN: 978-84-18483-18-9
Depósito legal: B-9.003-2021

Compuesto por: Marc Cubillas

Impreso en Talleres Gráficos Soler
Esplugues de Llobregat (Barcelona)

GT83189